KB080755

싱고,라고 불렀다

싱고,라고 불렀다

신미나 시집

창비

차 례

제1부

제2부

제3부

제1부

타지 않는 것들

이마

장판에 손톱으로
꾹 눌러놓은 자국 같은 게
마음이라면
거기 들어가 눕고 싶었다

요를 덮고
한 사흘만
조용히 앓다가

밥물이 알맞나
손등으로 물금을 재러
일어나서 부엌으로

첫사랑

큰물 지고
내천에 젖이 불면
간질간질 이빨 가는
어린 조약돌 몇개 씻어
주머니에 넣고 가지요
상냥하게 종알거리고 싶어
나는 자꾸만 물새 알처럼 동그래지고
그 어깨의 곡선을
이기지 못하겠어요,라고
쓰고 싶은

아무 데도 가지 않는 기차

언젠가 당신이
내 손이 차다고 말했을 적에

연밥 위에
무밭 위에
아욱잎 위에
서리가 반짝였지

고양이 귀를
살짝 잡았다가 놓듯이
서리,라는 말이
천천히 녹도록 내버려뒀을 뿐인데

꼭 당신이 올 것처럼
마을회관을 지나
비닐하우스를 지나
버스정류장을 걸어가네

덜 말라서 엉킨 머리카락이
마를 때까지 걸어가네

싱고

십년 넘게 기르던 개가
돌아오지 않았을 때
나는 저무는 태양 속에 있었고
목이 마른 채로 한없는 길을 걸었다
그때부터 그 기분을 싱고,라 불렀다

싱고는 맛도 냄새도 없지만
물이나 그림자는 아니다
싱고가 뿔 달린 고양이나
수염 난 뱀일지도 모른다고 생각한 적 있지만
아무래도 그건 싱고답지 않은 일

싱고는 너무 작아서
잘 알아보지 못할 때가 많다
풍선껌처럼 심드렁하게 부풀다가
픽 터져서 벽을 타고 흐물흐물 흘러내린다
싱고는 몇번이고 죽었다 살아난다

아버지가 화를 내면
싱고와 나는 아궁이 앞에 앉아
막대기로 재를 파헤쳐 은박지 조각을 골라냈다
그것은 은단껌을 싸고 있던 것이다

불에 타지 않는 것들을 생각한다
이상하게도

연

아버지는 고드름 칼이었다
찌르기도 전에 너무 쉽게 부러졌다
나는 날아다니는 꿈을 자주 꿨다

머리를 감고 논길로 나가면
볏짚 탄내가 났다
흙 속에 검은 비닐 조각이 묻혀 있었다

어디 먼 데로 가고 싶었으나 그러지 못했다

동생은 눈밭에 노란 오줌 구멍을 내고
젖은 발로 잠들었다
뒤꿈치가 홍시처럼 붉었다

자꾸만 잇몸에서 피가 났고
두 손을 모아 입 냄새를 맡곤 했다

왜 엄마는 화장을 하지 않고

도시로 간 언니들은 오지 않을까
가끔 빰을 맞기도 했지만 울지 않았다

몸속 어딘가 실핏줄이 당겨지면
뒤꿈치가 조금 들릴 것만 같았다

받아쓰기

아버지 마침표, 어머니 마침표, 내가 부르는 대로 엄마는 방바닥에 엎드려 글씨를 쓴다 연필을 쥔 검지가 작은 산 같다 나는 받침 없는 글자만 불렀다 공책 뒷장에 눌러쓴 자국이 점자처럼 새겨졌다

여름밤의 어둠은
빛이 밀어낸 지우개 가루
연필 끝을 깨물었을 때
연필심의 이상한 맛을 혀로 느끼듯이
엄마는 자기 이름을 쓰고는 천천히 지워버렸다

정릉천변

저 꽃들은 무슨 생각으로 골똘히 피나

그 여자 갖고 노는 거울 속에 무슨 일이 있었나 꽃 모가지 귀에 대고 하늘 홀리는 목소릴 들었나 진물 흘러 귀가 울면 징소리 울리는 귓병이 도져, 거울 속에 목젖이 보일 때 베개가 뜨거워 열뜨는 몸뚱이째 삼켜버린 거울 속으로

걸어가네, 잡풀 가시랭이로 손톱 때 벗기며
그 여자 살던 천변 길
돌아보면 지붕 위에 펄럭이던 卍 자

연근

난이 할머니의 근심은 둥그네
발목에 둥그런 구근을 달았네
근심에도 숨이 들고 나는 자리가 있어

사람 몸에 구멍이 아홉개라
숨구멍이 아홉개 뚫린 거라는데

웃풍 부네, 도라지를 달여 마셔도
기침이 오래가
연탄구멍 맞추려고 벽 짚고 일어서는

입동

신새벽 논산 오일장에 우시장이 열렸다
고삐를 당기자
송아지는 자꾸 어미 소 곁에서 뒷발로 버텼다
머리에 홍화씨만 한 뿔이 돋아 있다

열일곱에 여공이 된 큰언니가
서울로 가는 직행버스를 타던 날도 그랬다

남항진 민박

반봉지 먹고 남은 살구를 쪼개 연애운을 본 적 있으신지, 살구씨가 복숭아뼈보다 큰가 작은가 대보면서 당신에게 전화를 넣으려다 맙니다

히유 찐다 쪄, 할머니가 치마 속에 대고 부채질할 때 소나기라도 한바탕 쏟아지면 좋겠다 싶고 빗소리 듣기엔 함석지붕만 한 게 없지, 선풍기 버튼을 강으로 돌리면서 이런 편지도 곧잘 쓰곤 했습니다

무릎에 문질러 닦은 마음
얇게 깎아 띄워 올리고

백사장에 앉아
조개껍질로 쓴다

당신 이름 달다, 참 달다

윤달

대문을 여니
웬일로 언니가 와 있었다
배가 불룩했다

아버지가 비운 소주병이 피라미드처럼 쌓였다 언니는 입이 심심하면 생쌀 먹는 버릇이 생겼다 생쌀을 먹으면 엄마가 일찍 죽는다는데 언니는 어쩌자고 그럴까 지 에미 잡아먹을 년, 엄마가 역정을 내면 물에 불린 생쌀을 소리 안 나게 퍼먹었다

손톱 깎아서 아무 데나 버리면
미물이 주워 먹고
요사스러운 일을 꾸민다는데
잠결에 오독오독 손톱 씹는 소리가 났다
오줌 누러 가다보면
감나무에 무서운 달이 걸렸다

손오목에 꼭 맞는 돌

지천구곡 흐르는 물을
오늘 일만은 아닌 듯 바라보지만

바람 만나야 소리 나는 것들 중에선
물거울보다도 마른 잎보다도 돌이 좋아요

공깃돌 다섯개 골라 굴리면
손안에서 피어나는 민물 냄새

돌탑 쌓고 허무는 싱거운 재미만 헤아리다
엄마 없는 집으로 해를 안고 가며는

개울가엔 오색 돌 쑥색 돌 하얗게 물 마르는 돌

은행알의 맛

하루에 딱 열개만 먹으라고 했다 당신은 신문지를 펼쳐 놓고 펜치로 껍데기를 쪼개 은행알을 입에 넣어준다

조그만 박 같은 껍데기가 딱딱 벌어지는 소릴 들으면서 당신과 나는 눈짓도 낭비하지 않고 괜한 몇마디 말도 섞지 않는다

이 맛은 어떻게 왔을까, 공룡이 쉬던 중생대의 은행나무 그늘에서 왔을까, 공룡의 성대는 불룩한 자루처럼 길쭉할까

당신의 옆모습은 그저 무심결이네, 방금 거대한 황금빛과 공룡의 긴 꼬리가 머릿속의 터널을 빠져나간 줄도 모르고

꼬막각시의 노래

꼬막이 벌교뿐인가, 남도의 여느 백반집 문만 열어도 있는 찬거리라지만

칫솔로 꼬막 껍데기를 문지르다 기름때 까맣던 영준이 삼촌 툽툽한 손톱이 생각나고 벌초하러 갔다가 예초기 날이 튕겨 즉사했다는 얘기가 생각나고 하필 아버지 산소에서 벌어진 일이라 양념장 치다 말고 이런 노래도 떠오르고

어물전 양푼에 떨이로 남아 너를 기다리네
십리 물길도 못 미치는 후렴구로 불러나 보네
피조개 그릇 삼아 찬거리 올리고
더는 보탤 것도 없는 소꿉살림 들여
너랑 나랑 몸 붙어 살고 지고
영원 없을 거짓도 내 귀에는 달았던가
십리 물길이 거둬갈 줄을 너는 몰라서
꿈 없는 낮잠처럼 잘못 든 꿈길처럼
마당에 질걱질걱 고무장화 소리
생시 같은 꿈길에서나 들린 듯했나

그림자 없는 기척으로만 너는 나를 부르나
바닷바람 드잡이하며 뱃머리 돌리던 사내야
거머리 심줄 돋아 장딴지 딴딴했던 내 사내 어데 갔나

산 너머

문고리에 실 묶고
방문을 닫는 찰나
번쩍 세상이 온다

아가, 세상이 어찌 보이냐

할아버지 어린 나를 무등 태우고
뒤돌아서서
지붕 위로 어금니 던진다

까치가 어금니 물고 간
곡선으로
내 젖무덤은 부풀어올라

백내장 걸린 할아버지
중얼거리시데
저 봐라, 상갓집에서 혼 빠진다

제2부

태어나지 않은 아이

묘의 함(函)

묘는 한번도 태어나지 않은 아이
헝겊 인형이 대신 말을 한다

오색 종이로 만든 가마에
고깔모자를 쓰고
묘는 검정으로부터 왔다

묘의 주머니는 작고
이따금 탄내가 난다
주머니 속에는 타다 만 볍씨가 있다

묘의 상자 속에는
문방구에서 훔친 종이 인형이 있고
엄마를 삽으로 때리던 아버지가 있고
정글짐 꼭대기의 해가 타고 있다

묘가 다시 찾아오면
잘 알아볼 수 있도록

목에 난 빨간 점을 보여줄 것이다

그리고 볏단처럼 가벼운 묘의 머리카락에
불을 붙여줄 것이다

목젖에 손을 대면
방울뱀처럼 목을 떨 것이다

낮잠

손바닥으로 방바닥을 훔치다
쌀벌레 같은 것이 만져졌다
검지로 찍어보니 엄마였다

나는 엄마를 잃어버릴까봐
골무 속에 넣었다
엄마는 자꾸만 밖으로 기어나왔다

엄마, 왜 이렇게 작아진 거야
엄마의 목소리는
너무 작아서 들리지 않는다

다음 생에서는
엄마로 태어나지 말아요

손가락으로 엄마를 찍어
변기에 넣고 물을 내렸다

잠에서 깨어나
눈가를 문질렀다

소매치기는 예쁘다

운동장 양지는 노랗게 더웠다 피구 하려고 그어놓은 물금이 금세 말랐다 태극기가 늘어지고 게양대 위로 구름 그림자가 희미해졌다 진해졌다

나, 서울서 쓰리 당했어
현주는 속상해 죽겠다고 말했는데
그 말투가 부러웠다

드라마에 나오는 소매치기들은 얼마나 예쁜가, 나도 오토바이에 깡충 올라타고 싶다 풍선껌을 크게 불어 콧등에 폭 터뜨리고 싶다 손가락에 수갑을 끼우고 빙빙 돌리고 싶다

토끼 밥 주러 자연학습장에 가면
생리통 실컷 앓는 토마토가 터질 듯이 붉었다

찬물

대문을 열어놓고 자자
몇 밤 지나면 올 거야
엄마가 다시 올 거야

동생은 겨울 수도꼭지처럼 조금 울었고
나는 마루에 모기장을 쳤다

백열등 불빛 아래
꼬리로 툭툭 날벌레를 쫓는 소
날개를 버리고 얇게 죽어가는 하루살이의 배

취해 잠든 아버지가
벌컥 방문을 연다

큰엄마

바람은 한꺼번에 빼빼 우는 갓난이를 돌보는 유모의 한숨처럼 후덥지근하구나

팔월의 그늘은 변덕스럽기도 하지
팔월의 태양은 당신을 조롱하지

허벅지까지 치마를 걷어붙이고 콧등에 솟는 땀을 손등으로 찍으면 땡삐처럼 정수리를 쏘는 햇빛
팬티를 양손에 쥐고 비벼대면 스타킹에 담은 알뜨랑 비누는 바둑알만큼 작아지지
대야에 물을 붓고 깨질 듯 차가운 물에 머리를 감고 물줄기가 목을 타고 등을 적시거나 말거나 발등에 연거푸 물을 끼얹고 나면

먹구름이 성큼성큼 몰려오는 대낮
양은 대야를 옆구리에 끼고
갑자기 어두워진 골목길로 사라지는
당신의 몸에서 수박 냄새가 날 거야

다섯째 언니

산달 못 채우고 태어난 언니는 홍반을 앓았다
젖니가 오르기도 전의 일이다
입술까지 물집이 번져 자꾸 젖꼭지를 놓쳤다
내 동그만 이마는 언니와 꼭 닮았다 했다
두 손 내밀면 만져질까
저 달의 마맛자국
이생을 누워 가는 밥물 같은 밤 구름
먼 데서 어린 목숨 하나 가쁜가
불주사 맞은 듯 달무리 욱신거린다

삼전동 가락공판장

향기롭기는 꽃보다 과일이야
좋아하는 것들만 모아서 주머니에 훅 불어넣고
실로 칭칭 감아두었으면
생각날 때마다 열어 조금씩만 맡아봤으면

코를 대고 맡아보자 손에 쥐고 만져보자 자두는 쥐었을 때 말랑하고 부드럽게 감기는 것으로, 한개에 오천원 백도도 넣고, 참외도 아오리 사과도 넣고 마지막으로 잘 익었습니까? 통통 노크하는 건 수박에 대한 예의, 쩍 갈라지는 시원한 소리도 좀 넣고

한데 섞고 골고루 흔들어
일산 오빠네 보냈으면
내 천(川) 자 뚜렷한 미간에 한방울 톡 떨어뜨렸으면

여름휴가

불이 잘 안 붙네 형부는 번개탄 피우느라 눈이 맵고 오빠는 솥뚜껑 뒤집어 철수세미로 문지르고 고기 더 없냐 쌈장 어딨냐 돗자리 깔아라 상추 씻고 마늘 까고 기름장 내올 때 핏물이 살짝 밸 때 뒤집어야 안 질기지 그럼 잘하는 사람이 굽든가 언니가 소리 나게 집게를 내려놓을 때 장모님도 얼른 드세요 차돌박이에서 기름 뚝뚝 떨어질 때 소주 없냐 글라스 내와라 아버지가 소리칠 때 이 집 잔치한다 미희 엄마가 머릿수건으로 탑새기를 탁탁 털며 마당에 들어설 때

달아오른 솥뚜껑 위로 치익 떨어지는 빗방울
비 온다

안식일

여름 성경학교가 시작되었다
옷장을 열었다가 그냥 닫고
교복 치맛단을 접어 입었다

매미 껍데기가 나무에 붙어 있었다
칼로 가른 듯
등이 반으로 갈라져 있다

서울에서 온 목사님은
보이지 않는 것을 믿으라 했다
그것이 믿음이라 했다

마지막 나팔이 울리는 날
신도들이 천국으로 올라간다는 말은
아름답고 무서웠다

엄마한테 얘기했지만
쪼그려 앉아 마늘만 깠다

물에 불린 마늘 껍질이 쏙 빠졌다

우리도 천국에 갈 수 있습니까
이곳에서 천국은 얼마나 멉니까

동생이 혀를 동그랗게 말아
침방울을 날리는 사이
여름이 갔다

손 없는 날

오후 네시쯤 빛이 들었다
일곱 계단 내려가는
일층 같은 반지하라고 했는데
형광등을 끄면 낮에도 캄캄했다

밥 먹고 바로 눕지 말라니까
바늘로 손을 따면
피가 검어?
당신이 입버릇처럼 물을 때
배를 문지르다 말고
들뜬 벽지를
손바닥으로 쓸곤 했다

그맘때 보일러에 물 보충 표시가
자주 깜빡였고
새끼를 데리고 오던
삼색 고양이도 보이지 않았다

객지(客地) 같은 그 집에

세 들어 살았다

자고 나면 손발이 자주 부었다

거스름돈

미아삼거리 지하도 입구
앞니 빠져 입이 옴팡한 할머니가
두릅 다발을 보자기에 펼쳐놓고
홀홀 밥을 말아 마신다
앉음새가 폭삭 주저앉은 나무 밑동 같다

언젠가 나는
평생을 장사치로 떠돌다 역병으로 죽었다던
할머니 이야기를 들은 적이 있다

길음동

막다른 골목에서 만나게 된다
누가 붉은 페인트로 써놓은 소변금지
간판은 의상실인데 과일 파는 집
할머니가 전구를 갈아 끼울 때처럼
헝겊으로 조근조근 사과를 돌려 닦을 때
퇴근 시간쯤 마주치게 된다
얼굴만 아는 뚱뚱한 여자
얼굴에 기미가 들깨 가루처럼 핀 여자
언젠가 그녀가 욕하며 싸우는 걸 본 적이 있다
울지 않으려고 성을 내며 남편을 걷어찬 적이 있다
그녀와 스칠 때 빙그레 웃음이 난다
그녀를 닮은 뚱뚱한 아들이
엄마아, 하고 탁탁탁 달려오자
그녀는 한 손으로 번쩍 아이를 들어올린다

로터리 꽃들처럼

먹은 것 다 게우고 나면 여러겹의 그림자가 생겼다 옥탑으로 올라가는 계단은 가팔랐고 뜻밖에 빨리 온 택배가 선물처럼 놓여 있기도 했던 겨울, 걷지 않은 수건에 성냥개비만 한 고드름이 매달렸을 때

창밖에는 가시 같은 안테나가 달의 흰 살을 발라냈을 뿐, 도로변에는 순찰차가 돌며 싸이렌을 울렸다 돌산을 깎아 세운 아파트가 재개발지구를 좁혀갈 때 연속극 같은 날들이, TV를 보는 창문마다 귤빛으로 얼룩지는 이상한 반복이

뿌리가 얕은 내 발은 로터리 화단에 심은 꽃들처럼 시시했다 아래층에선 수도꼭지 헛도는 소리가 계속 들렸고 애인은 스티로폼 화분에 침을 뱉었다 어떻게 날아왔을까 4층까지, 아주 작은 종기, 까마중 씨앗이

모란과 작약을 구별할 수 있나요?

당신은 신발을 꺾어 신고 앞서 간다

신발을 잃어버리는 꿈을 꾸면 이별수가 있다길래 벗어놓은 당신의 신발에 몰래 발을 넣은 적도 있다 반뼘이 컸다

이 봄은 끝내 소아병동 앞뜰에 할미꽃과 개양귀비와 망초를, 모란과 작약을 풀어놓았지만 내 눈은 당신의 신발 뒤축에만 가 앉는다

거기 앉아 구겨져 산 지 오래되었다

손톱 깎아야겠네

내리는 햇빛에 손목을 내밀면 파란 핏줄이

입김

팔절지만 한 창을 스치는
낯선 새 그림자 따라
휘파람 불며 길을 나서요
전깃줄을 이어폰처럼 끼고 흥얼거리는 가로수
어떤 날의 바람은
전봇대에 붙은 전단지 귀퉁이만 잘근잘근 씹다가
주머니 속에 반짝이는 동전
그 상냥한 음정만 매만지고 오기 일쑤죠
구인정보지 활자 사이를 기웃거리다
연탄재 꾹꾹 눌러 밟으며 집으로 가는 길
리어카에 폐지를 실은 노인들이
물먹은 달을 어깨에 지고 언덕을 오르면
이윽고 무릎을 펴고 일어서는 붉은 십자가
눈 내리고 럭키슈퍼 유리창엔 김이 서리고
호빵도 몇촉의 그리움으로 환해져서
마음은 어느 함박눈 내리던 시절에
전보를 치는데
이번이 마지막일 거예요

공중전화 부스에서
동전도 넣지 않고
당신 이름을 부르는 일

시

닷새면 피가 상한다고 했다

선지피 받아온 날
한쪽 귀가 흔들리는 냄비를 들고 가다
눈 쌓인 마당에 자빠졌다

돈벌레의 작은 발처럼
수백갈래로 퍼져서
흰 눈을 갉아 먹는 붉은 다리들, 붉은 이빨들

응고된다는 것은
누군가 잰걸음을 멈추고
문득 멈춰 선다는 것이다

내 머릿속에 지금 고인 것은
한사발의 붉음인데
처음 본 붉은빛은 다리를 달고 달아났다
뿔뿔이 흩어져 천만갈래 비슷한 붉기만 번지고 있다

제3부

맨드라미 벼슬처럼 붉은 눈썹과
파랑이는 파란 귀

칸나꽃 분서

절명을 꿈꾼들 저 꽃같이는 심장을 걸 수 없었네
계절은 매번 색다른 변절을 꿈꾸어왔으므로
이제 나를 거쳐간 연애는 미신이 되었다

돌아본들 유산 후에 돋는 입덧 같은 것이었나
꽃 진 자리 화기가 남아 피 더운 까닭은
용서하라, 눈 매워 혈서 한잎 흘려 쓰지 못하는 것을

오로지 그대, 한올 그림자마저 태우고 높이 떠나라
이 여름 다 가고 붉은 두근거림마저 지면
당신 눈짓과 살내를 곁에 두고 오래 잊을 것이라

화대처럼 받아든 이 시간에 불붙이고
연기도 없이 지등(紙燈) 타는 소리를 듣고 있을 것이라

백치

어미 소가 새끼를 낳고
이내 무릎을 꿇었다

아기가 죽으면
항아리에 넣고
파묻었다는 산 아래

깨진 거울 조각으로
제 얼굴 비춰보며
앉은뱅이처럼

묏등 같은 그 산 아래서만
혼자 놀았다

환생

매미가 울다가
어느 순간 뚝 그쳤다
뜨거운 길 위에서
내 영혼을 만났다

이게 네 운명이야

내 영혼은
작은 주머니를 주고 떠났다
주머니 끈을 풀자마자
뭔가가 훅 날아갔다

그때 알았다
소중한 걸 놓쳐버렸다고
다시는 찾을 수 없을 거라고

꿈속에서 나는 울었다

무언가 날아가버렸고
빈 주머니만 남았다

상여꽃점

한잎, 두잎, 꽃잎 낱장 떼며 가네 너를 잃고 백치처럼 나는 가네 송홧가루 날리는 길 맨발로 걸어, 해붉은 길을 걸어

이 고개 넘으면 바람이 점지한 사내 하나 만나 죄를 보태도 좋을라나 철없이 철딱서니 없이 천하게 웃음 흘려도 너는 다시 못 올라나

사람아, 나는 입술이 까맣게 탄다 내 살로 태(胎)를 키워 네 피나 물려둘 것을 이 세월 늙어 내 눈에 꽃물 다 바래면 네 몸내를 잊으면

한 시절 약속 없이 어기고 지는 꽃낱이 섭섭만은 않을라나 손금 위를 비켜간 사내였어도

이윽고 흘러갔어도

서울, 273 간선버스

비가 오니까
따뜻한 걸 먹을까
대학병원 회전문을 나선다

당신은 재가 떨어질 때까지
담배를 피우는 버릇이 있다

담배를 다 피우고 나면
담뱃진이 물든 중지에
코를 대고 냄새를 맡곤 했다

내년에 꽃 보러 오자
길바닥에 떨어진 버찌 열매를 밟으며
국수를 먹으러 간다

당신은 우는 것 같다
앞서 가는 뒷목이 붉다

흙잠

해인산부인과 횡단보도 앞
금방 아이를 지우고 나온 여자
속살 떨어져나간 그믐달을 보고 있다

신호등이 파란불로 바뀌면
여자는 빈방으로 돌아가
수저를 닦으며
어둠의 등뼈를 골고루 닦겠지만

침묵 속에서 말 걸어오는 것들의
귀를 막으며
미역을 불리고 쌀을 안치고
생각난 듯 오래도록 방을 닦겠지만

뭇별들 글썽거리다
끝내 성호를 긋고 떨어지면
생인손 앓던 사랑의 뼈마디 하나
굵어지기도 하리라

모로 누운 여자의 둥근 어깨뼈 위에

어둠이 가만 손을 얹는다

눈 감으면 흰빛

살 무르고 눈물 모르던 때
눈 감고도 당신 얼굴을 외운 적 있었지만
한번 묶은 정이야 매듭 없을 줄 알았지만
시든 꽃밭에 나비가 풀려나는 것을 보니
내 정이 식는 길이 저러할 줄 알아요

그래도 마음 안팎에 당신 생각을 못 이기면
내 혼은 지읒 시옷 홑겹으로 날아가서
한밤중 당신 홀로 잠 깰 적에
꿈결엔 듯 눈 비비면 기척도 없이
베갯머리에 살비듬 하얗게 묻어나면
내가 다녀간 줄로 알아요, 그리 알아요

그러나 석류꽃은 피고 지고

풍문은 늘 대문 밖에서만 떠돌았다

삼복에 애 낳다 숨진 처녀애가 살았다던 집 담벼락
거기, 어금니 금 가도록 아득바득 이 갈던 사랑이 있었나
끝내 숨 놓지 않으려는 핏발 터진 눈동자 있었나

알알이 탯줄 마른 아기들이 줄기 타고 살아서 돌아오는
대낮
천길만길 무서운 하늘길이 있어, 산목숨 데려가는 소리
가 있어

하늘이 데려가는 목숨은 어디로 가는가 혀를 차도 모를 일
귀가 넷이어도 들을 수 없는 일이라

짝짝 피는 저 꽃은 철없이 붉은 주둥이 벌려쌓는데

옛일

해마다 잊지도 않고 공양하나
저 꽃들, 보노라니
어쩌나
죽어도 너를 못 잊는다는 약속은
거짓이었어라

너 없어도 찢어진 살 위에 새살 돋고
밑이 젖는 내 몸 봐라
어쩌나
향불 한올 피우지 못하고
너는 이제 강가에 던진 돌이나 되었는데

내 슬픔만으로 꽃 모가지 하나 꺾을 수 있느냐
산비알에 독짝 하나 굴릴 수 있겠느냐

내가 너를 어찌 잊어
어찌 잊을 수가 있어
지글자글 타는 자갈밭 맨발로 걸으며

울던 내 낯도 옛일, 다 옛일

눈물점

며느리 들이고 내내 닫혀 있던 그 집
대문이 열렸다
서산 요양원으로 간다고 했다

반쯤 열린 방문 사이로
하얗게 센 머리 빗는 여자
거울이 흐려 제 얼굴 고운 줄 모른다

몽매

할머니는 자꾸 귀가 운다고 했다
어미 고양이를 곤 솥단지에 김이 오르고 있었다

밤이면 눈도 채 뜨지 못한 새끼 고양이들이
앞발로 흙담을 긁어대며 아기 우는 소릴 냈다

할머니의 귓속에도 흙가루 같은
귓밥이 쌓여 헐기 시작했다

숫돌 위의 칼날, 물기가 마르지 않았다

백일몽

色
물속의 잔돌까지 되비치는 냇가
가늘고 긴 메기수염이 무지개색으로 빛났다
천년을 물속에 살아야 사람으로 환생한다는 물가
물에 분 손을 들여다보았다

金
동전이 띄엄띄엄 놓여 있었다
허리를 굽혀 줍다보니 흙담이 나왔다
지푸라기 섞인 흙담을 마구 파서 동전을 캤다
손톱에 붉은 흙이 끼어 있다

災
짚으로 만든 꼭두각시 인형이 불탄다
비명도 없이 표정이 일그러진다

石
제 생각 밖으로 벗어나고 싶어 몸을 할퀸 자국

곧에서 검은 물이 밴다

婚

작고 반짝거리는 반지를 선물 받았다

족두리의 검은 비단을 만져보고

육손이처럼 부끄러워 손을 뒤로 감췄다

鏡

여섯 모 난 등신대 거울, 여섯쪽으로 쪼개지는 얼굴

참빗으로 검고 탐스러운 머리카락을 오래 빗었다

검고 긴 강이 여섯줄기로 흘렀다

불티

장남이 미쳐 돌아왔다 때리면 정신 든다는 무당 말을 듣고 아비는 대나무 뿌리로 아들을 때렸다 울면서 때렸다 울음소리 담을 넘으면 풋감이 익지도 않고 떨어지고

새끼줄 들고 산으로 간 아들은 목을 맸다 철부지들은 소머리 삶는 냄새 즐거워 떼지어 다니고 노인들은 참나무 가지를 던지며 주황색 손금을 펴 보이는데

지금은 노을도 지쳐 하늘에 피를 버리는 시간, 사나운 혼령들 꿈자리까지 날아와 회회 우는 바람 소리 들려도

동네에서 지붕이 제일 낮은 집이었다 뒤란에 깨꽃 깨깨깨깨 필 적에 까마귀 떼로 울면 흉사 있다더라

화교(花轎)

지게 태워 나를 데려가다오
우산이끼 지붕 속에 맞절도 없이 숨어 살면
오는 손이야 절로 와 부딪는 바람뿐
청산가리 꽃밥 비벼 알뜰히 나눠 먹고
내 얼굴에 연지곤지 피로 찍어 머리 올리매
사내야 히히 언청이처럼 웃으면
은수저 두벌 까맣게 독이 올라
눈 뜨고는 허락 없는 이생의 치정이
마지막 일이어도 좋을라냐
죄 모르는 낯으로
한 철만 보란 듯 피어나도 좋을라냐

정미네

장마 지면 정미네 집으로 놀러 가고 싶다 정미네 가서 밍크이불을 덮고 손톱이 노래지도록 귤을 까먹고 싶다 김치전을 부쳐 쟁반에 놓고 손으로 찢어 먹고 싶다

새로 온 교생은 뻐드렁니에 편애가 심하고 희정이는 한 뼘도 안되는 치마를 입는다고 흉도 볼 것이다 말 없는 정미는 응 그래, 싱겁게 웃기만 할 것이다

나는 들여놓은 운동화가 젖는 줄도 모르고 집에 갈 생각도 않는다 빗물 튀는 마루 밑에서 강아지도 비린내를 풍기며 떨 것이다

불어난 흙탕물이 다리를 넘쳐나도 제비집처럼 아늑한 그 방, 먹성 좋은 정미는 엄마 제사 지내고 남은 산자며 약과를 내올 것이다

부레옥잠

몸때가 오면 열 손톱마다 비린 낮달이 선명했다

물가를 찾는 것은 내 오랜 지병이라, 꿈속에서도 너를 탐하여 물 위에 공방(空房) 하나 부풀렸으니 알을 슬어 몸엣것 비우고 나면 귓불에 실바람 스쳐도 잔뿌리 솜털 뻗는 거라 가만 숨 고르면 몸물 오르는 소리 한 시절 너의 몸에 신전을 들였으니

참 오랜만에 당신

오실 적에는 볼 밝은 들창 열어두고 부러 오래 살을 씻겠네 문밖에서 이름 불러도 바로 꽃잎 벙글지 않으매 다가오는 걸음 소리에 귀를 적셔가매 당신 정수리 위에 뒷물하는 소리로나 참방이는 뭇별들 다 품고서야 저 달의 민낯을 보겠네

인중
윤두서 자화상

무릎뼈가 둥글어지기 전, 손톱이 나기 전
내 혼이 살을 가질 수 있다면
빛과 그림자로만 이뤄진 몸이 될 것이다
거미줄에 걸리지 않으며
물을 통과하는 빛이 될 것이다
낫으로 머리칼을 끊어 붓을 만들고
맨드라미 벼슬처럼 붉은 눈썹과
파랑이는 파란 귀를 가질 것이다

내가 빛을 모르고 어둠을 알기 전
태초에 내 어미의 둥근 공백만이 있을 적에
혀가 말을 얻어
뼈가 굳고 피가 돌고 귀가 열리면
어둠속에 빛나는 송곳니와
배 속에서 자라는 속눈썹의 간지러움 같은 것이
은빛 침을 꽂은 수염이 되어 얼굴을 덮을 것이니

구름이 열리고

하늘에서 가마가 불타며 내려오는 세상을
제 안의 화려를 견디지 못해
이글이글 피어나는 꽃들을
발바닥이 뜨겁도록 바라보고 있나니

혀로 칼날을 가늠하듯이 바람결을 탈 것
가마를 태우고 날아가는 회색 재와 같이
태어나자마자 타버린 나비의 날개와 같이
파랗게 흩어지는 새벽 꿈

파랑파랑파랑파랑파랑

방파제만 따라 걸었네 병신같이 미쳐 걷고파, 가닥진 머리칼에 미역 냄새 풍기고 배꼽에 잔디씨처럼 까만 때는 끼어서

내 속에 작은 파도 밀려온 적 있었네

네 두 손을 꾹 끌어다 가슴에 대고 녹을 듯이 몸이 젖었던 생각만 되풀이하던 그때, 그날들의 눈먼 물보라

제4부

새장은 새를 아름답게 한다

따듯한 가습기

회복실에서
그는 삭정이 같은 손목에
링거를 꽂고 잠들어 있었다
노란 수액이 방울져 그의 몸속으로 흘러들었다
어쩌다 이렇게 된 거죠
때로 기척할 수 없는 사랑이 있다
이불 밖으로 나온 발가락을 덮어주고
잠이 깰까
조용히 뒷문을 닫고 나가야 하는
사랑이 예 누워 있다
내가 어둠의 맥박을 짚으며
느린 걸음으로 집에 도착할 즈음
그는 잠에서 깨어
미음을 떠 넘기며
아무도 문병 오지 않는 이 저녁을
아무렇지도 않은 척 받아 삼키리라
어쩌면 끝내 알아채지 못하리라
누가 다녀갔나

문득 스치는 기척에 주위를 둘러보면
가습기 더운 입김만
홀로 남은
그의 몸을 감싸고 있을 것이다

아쿠마*

왼발을 든 고양이 인형은
사람을 부른다는데 손님은 나뿐이다

조금 더웠고 실내는 어둡다
주인이 선풍기를 내 쪽으로 기울였다
나는 선풍기를 꺼도 좋다고 말한다

1면은 읽고 스포츠면은 그냥 넘긴다
일기예보와 오늘의 운세와 부고 기사를 읽는다
습기 먹은 신문지는 침착해서
날개를 덮듯이 가라앉는다

접시 위에 유부초밥은 나란하기도 하지
그것은 식초와 설탕과 소금의 집
되직하게 뭉친 모양이 마음에 든다

얇게 썬 생각을 천천히 씹으며
언제 밥 한번 같이 먹자던 사람을 생각하다가

생강, 생강 하고 중얼거렸다

누군가 작은 주머니를 열고
나를 꼭꼭 뭉쳐서 그 안에 집어넣었으면 좋겠다
혀로 송곳니를 훑는다

그림자가 희미해지는 이 집에서
너는 나를 찾지 못할 것이다

* あくま. '악마'라는 뜻의 가게 이름.

자귀나무 꽃살문

눈썹 하나 뽑아
손바닥 위에 올려놓고
손금 들여다보네

손바닥 오므렸다
손바닥 펼치면
숱 많은 꽃길이 갈라지고
비단꽃문 열리고

그 길은 길고 가늘어서
너는 거기 서 있었네

세상의 이불 덮고
두잎이 포개는 소리
꽃물 번지네

너는 오래도록 서러웠고
내 귀는 닫혀 있었네

꽃길 열리고
꽃문 닫히고
비단이불 위에 너의 속눈썹
꽃술 떨어지네
당신이 저무네

석녀

몸을 얻지 못했구나 마음이여 뺨을 치는 눈발 맞으며 젖어 걸어도 살얼음 긋는 물낯에 얼굴 비추며 서 있어도 등 뒤에는 갑문(閘門)을 휘도는 소소리바람 소리뿐

너 언제 꽃인 적 있었던가 잎잎이 웃던 날도 있었던가 저무는 몸이 서러워 동백 지는 자리엔 공기마저 상했으니 이 빠진 꽃잎처럼 헐한 웃음만 흘릴거나 고울 것도 없이

바람아 말하지 마라 핏기 가시며 바래가는 꽃잎의 일을, 얼음장 밑을 도는 물소리로도 말을 마라

땅끝 머리 언 땅에 굳은 혀가 풀리면
물혹 맺힌 아기집엔 까맣게 탄 태꽃이 진다

신부 입장

날계란을 쥐듯
아버지는 내 손을 쥔다
드문 일이다

두어 마디가 없는
흰 장갑 속의 손가락
쓰다 만 초 같은 손가락

생의 손마디가 이렇게
뭉툭하게 만져진다

곡비

오동나무 아래 호리병의 무덤이 있다

네가 묘비명 같은 표정으로 나를 읽고 지나간 후
나는 목이 긴 슬픔 하나 벼려두고
호리병을 오동나무 아래 묻었다

속이 깊고 입이 좁은 호리병이었다

몇번인가 소나기 지나고 물약 뜨듯 흙물 머금는
호리병의 귀, 다시 덮어두지 않았으나
귓속에 물이 차는지 자꾸 바람 소리가 들렸다

문 걸어 잠그면 잎 지는 소리 들리고
끝내 너를 허락하여 가지 꺾어 지팡이 짚고
비탈진 너를 찾아가면

너는 이제 이 빠지고 귀가 삭아
내가 거짓으로 흔들려도 화낼 줄 모르고

생(生)의 방명록을 미리 넘겨 네 이름 위에 빨간 줄을 그은 죄로

다시, 물 위에 쓴 이름을 지워야 한다

어디 먼 데서 음악 소리가 들리고

이것은 뜻 없이 반복되는 이야기
한밤의 요의처럼 되풀이되는 이야기

수풀로 에워싼 늪
붉은 흙비가 내리네

어디 먼 데서 음악 소리가 들리고
수풀을 헤치며 음악 소리를 따라가면
깨진 기와로 잉어를 그린 황토벽에
잉어가 살아나 지느러미를 터네

저것은 벼루 색을 닮은 잉어의 비늘이다
성냥알 같은 거북의 눈을 닮은 잉어다
터키 양탄자의 무늬를 지닌 잉어다
뱀의 혀처럼 갈라진 잉어의 꼬리다

너무 많은 무늬를 몸에 새긴 자들은
꿈 밖에서도 유리 조각에 맨발을 찔리기도 하지

눈꺼풀에 붙은 물고기를 찾아
숲 속을 헤매다
흠칫 놀라 잠에서 깰 때의 미묘

연애

비가 올 거라고 했고
우산을 가지고 나오겠다고 했다

당신은 우산을 착착 접은 뒤
사거리 신호가 바뀌기를 기다렸다가
횡단보도를 건널 것이다

비가 올 것 같다는 말은
어쩐지 희미해

눈을 감으면
4층에서 1층까지
차례로 전등에 불이 들어온다

티스푼으로 뜬 것처럼
빗물이 파낸
작은 홈들이 길게 이어진다

반지를 빼서 주머니에 넣는다

약지에

흰 띠가 남아 있다

일기예보

이상하다, 외투에 팔을 집어넣는 게 거울 앞에서 이를 보이고 웃는다
교차로를 건너 편의점을 지나가며 새로 산 구두가 좀 큰 것 같다

대기표를 받고 의자에 앉아 발끝을 모은다 얌전한 젓가락처럼
녹차 티백이 우러나는 동안 선정릉 위를 지나가는 구름은 물고기 지느러미

면접관이 손잡이를 돌려 문을 닫았을 때 구두가 큰 게 자꾸 마음에 걸렸다 창밖 구름은 물고기 지느러미, 아니 물끄러미

유리문을 나설 때 머리 위로 떨어지는 물기 한점
공작새처럼 자동우산을 확 펼친다

문신

무심한 포즈로
팔짱 끼고 서 있는 나무에게
심심한 일 하나
만들어주고 싶어
별 하나 없는
검은 보자기 같은 밤하늘
바늘로 찔러
구멍 사이로
새어나오는 별빛
아프게 뚫린 자리
따끔거리며 빛나는
당신 이름 석자
수놓아도
죄 되지 않을까, 이 봄

꼽추

팽나무 아래 그녀의 집이 있었다
생인손 앓는 손가락에 실을 묶듯
어둠은 실패를 돌려 그녀의 등을 감았다
등에 묶인 실이 풀리면
배꼽 떨어지듯 혹이 떨어진다고
누군가는 거짓말처럼 말했다
밤이면 포대기 싸매고 나와
등 뒤로 깍지 끼는 어둠
아기가 우는 소리는 들리지 않았는데
그녀의 그림자는
아기를 업고 있었다
몰래 얻어다 키운 아들은 키가 컸다

오이지

헤어진 애인이 꿈에 나왔다

물기 좀 짜줘요
오이지를 베로 싸서 줬더니
꼭 눈덩이를 뭉치듯
고들고들하게 물기를 짜서 돌려주었다

꿈속에서도
그런 게 미안했다

겨울 산

크게 울리는 징 속으로 몸 말고 들어가 귀 막고 싶다

겨울, 눈사람

몇번인가 그 눈빛을 훔친 적 있었네
촛농처럼 흘러내린 얼굴, 코가 없는 얼굴
눈이 마주칠 때마다 이내 눈길을 거뒀지만
나는 보았네 촛불처럼 흔들리는 눈동자
소문은 악취처럼 쉽게 뭉쳤다 흩어지곤 했지만
오늘은 벽에 귀를 대고 그녀가 우는 소릴 듣네
그 얼굴을 똑바로 보는 일이란
허기와 마주 앉아 다 식은 저녁을 말아 먹듯
서둘러 묵묵해야 하는 일
사방을 좁혀오는 빈방의 어둠속에서
반짝 물기를 감추는 그릇을 못 본 체하는 일
가늘게 새는 물소리가 잦아들고 있었네
그녀가 문 앞에 내놓은 밥그릇
핥고 가는 고양이처럼 소리 없이
조금씩만 그녀를 엿보고 가네
열린 문틈 사이로 그녀
천천히 녹고 있었네
방바닥이 온통 물집이었네

늦봄에 내리는 눈

거울에 손바닥을 대면
짧은 김이 서린다
손바닥을 떼면 혼처럼 사라진다

젓가락을 세로로 꽂으면
불행이 찾아온다고 했다
그것은 향을 꽂는 모습과 비슷하다

전보다 거울이 어두워졌다
눈 밑의 점이 진해 보인다

당신이 말하길
귀신들은 향냄새를 좋아한다고 했다

쌀그릇에 소리 없이 재가 떨어진다
데운 술을 한모금 마신다

바람이 없어서
연기가 곧다

무르다는 말

꺾은 꽃이 아까워서 손에 쥐고 있었는데 줄기가 미지근하도록 오래 쥐고 있었는데 왜 여태 그걸 버리지 않았냐고 했다

몸의 언어로 부르는 노래

이홍섭

좋은 시집은 시가 원래 노래로부터 출발했음을 확인시켜준다. 한편의 시로는 이 아득한 시원을 잘 가늠하지 못할 때도 있지만, 시집으로 묶어놓으면 시는 여전히 노래의 딸이요, 노래의 아들이다.

신미나의 시들을 웅얼거리다보면 우리는 오랜만에, 참으로 아득하기까지 한 노래의 시원으로 거슬러올라갈 수 있다. 시에서 이 '웅얼거림'의 맛을 잃어버린 지가 얼마나 오래되었던가. "간질간질 이빨 가는/어린 조약돌 몇개 씻어/주머니에 넣고 가"(「첫사랑」) 는 듯한 이 웅얼거림의 맛. 하여 다음과 같은 노래에 닿는 맛. "바람 만나야 소리 나는 것들 중에선/물거울보다도 마른 잎보다도 돌이 좋아요"(「손오목에 꼭 맞는 돌」).

생각건대, 노래의 시원에 잠겨 있는 그 많은 조약돌들은 필시 '몸의 언어'들이었을 것이다. 몸의 언어가 아니라면 그 많은 웅얼거림도, "다리를 달고 달아"나는 "처음 본 붉은빛"(「시」)도 없었을 것이다. '피'는 몸의 언어, 육체 언어의 절정이 아니던가. 그래서 시인은 시를 다음과 같이 정의한다. "뿔뿔이 흩어져 천만갈래 비슷한 붉기만 번지고 있다"(같은 시). 시인의 등단작 「부레옥잠」은 이처럼 시가 '몸의 언어로 시작된 노래'임을 여실히 보여준다.

몸때가 오면 열 손톱마다 비린 낮달이 선명했다

물가를 찾는 것은 내 오랜 지병이라, 꿈속에서도 너를 탐하여 물 위에 공방(空房) 하나 부풀렸으니 알을 슬어 몸엣것 비우고 나면 귓불에 실바람 스쳐도 잔뿌리 솜털 뻗는 거라 가만 숨 고르면 몸물 오르는 소리 한 시절 너의 몸에 신전을 들였으니

참 오랜만에 당신

오실 적에는 볼 밝은 들창 열어두고 부러 오래 살을 씻겠네 문밖에서 이름 불러도 바로 꽃잎 벙글지 않으매 다가오는 걸음 소리에 귀를 적셔가매 당신 정수리 위에 뒷물하는 소리로나 참방이는 뭇별들 다 품고서야 저 달의

민낯을 보겠네

—「부레옥잠」 전문

부레옥잠의 모습과 생태를 빌려 직조해낸 이 한편의 아름다운 연시(戀詩)는 섬세하고 살가운 몸의 언어와 우리의 옛 연시들을 떠올리게 하는 고전적인 구조와 상상력, 그리고 개성적인 화법과 어투로 주목받았다.

이 시에서 시인이 호명하는 사물들은 하나같이 몸의 언어로 다가온다. 시간도 "몸때"로 오고, 설렘도 "몸물 오르는 소리"로 온다. 이 몸의 언어가 지닌 진정성과 곡진함이 "당신 정수리 위에 뒷물하는 소리로나 참방이는 뭇별들"이라는 돌연한 표현을 낳을 수 있었다.

이처럼 시인은 오감을 열어놓고 몸의 언어를 받아들인다. 이 시의 풍요로움은 이 오감에 호흡과 육체의 기관 등 모든 신체감각을 적재적소에 자유자재로 풀어놓는 시인의 운용(運用) 능력에서 온다고 할 수 있다. 이는 신미나의 첫 시집이 지닌 큰 매력 중 하나이기도 하다.

우리는 여기서 그의 이러한 시적 운용 능력이 어디에서 오는가를 들여다볼 필요가 있다. 우선 자연과 가난에서 길러진 깊은 서정을 들 수 있겠다. 70년대 후반 출생 시인의 노래라고는 쉽게 상상이 가지 않을 정도로, 그가 부르는 노래에는 저 오래된 농촌의 자연과 가난이 빚어낸 깊은 서정이 배어 있다.

지천구곡 흐르는 물을
오늘 일만은 아닌 듯 바라보지만

바람 만나야 소리 나는 것들 중에선
물거울보다도 마른 잎보다도 돌이 좋아요

공깃돌 다섯개 골라 굴리면
손안에서 피어나는 민물 냄새

돌탑 쌓고 허무는 싱거운 재미만 헤아리다
엄마 없는 집으로 해를 안고 가며는

개울가엔 오색 돌 쑥색 돌 하얗게 물 마르는 돌

—「손오목에 꼭 맞는 돌」 전문

시인의 어린 시절을 그려볼 수 있게 해주는 상징적인 작품이다. 어린 화자는 "공깃돌 다섯개 골라 굴리면/손안에서 피어나는 민물 냄새"를 맡는, 자연과 하나 된 존재이면서 또한 "지천구곡 흐르는 물을/오늘 일만은 아닌 듯 바라"볼 줄 아는 '애어른' 같은 존재이기도 하다.

일찍이 자연과 동화된 사람은 자연을 통해 삶의 비의를 선취하고 선험한다. 어린아이이지만 더이상 어린아이가 아닌 세계가 거기에 있다. 어린 화자가 무심한 듯 노래하는 "돌탑 쌓고 허무는 싱거운 재미만 헤아리다/엄마 없는 집으로 해를 안고 가"는 세계는 이후 그가 겪는 실존의 실상이기도 하다.

이 시에 등장하는 '돌'은 시인의 유년 시절을 지배하는 대표적 상징물이다. 앞의 시 「부레옥잠」에도 나오듯이 "물가를 찾는 것"이 "오랜 지병"인 시인은 이 물가에서 작고 예쁘고 둥근 돌을 만남으로써 마음의 위안과 평화를 얻는다. 사랑의 설렘도 그에게는 "조약돌 몇개 씻어/주머니에 넣고 가"는 행위와 같은 것이고, 그리움이라는 것도 "그 어깨의 곡선을/이기지 못하"(「첫사랑」)는 것에 비유된다.

시인은 "고드름 칼"(「연」)과 같았던 아버지가 결혼식장에서 신부인 자신의 손을 잡았을 때를 두고 "날계란을 쥐듯/아버지는 내 손을 쥔다/드문 일이다"(「신부 입장」)라고 표현한다. "날계란을 쥐듯" 한다는 것은 시인이 유년 시절에 강가에 나가 자주 되풀이했던 조약돌을 쥐는 행위의 변용이다. 하여 그것은 아버지와의 화해를 암시하는 상징이기도 하다.

시인이 작고 예쁘고 둥근 돌에 매혹되는 것은 그가 처한 현실의 결핍과 가난에서 기인한다. 현실은 너무나 크고 위압적이며 예쁘지도 않고 또한 날카롭기까지 하다. 다음 작품은 이를 선명하게 보여준다.

아버지는 고드름 칼이었다
찌르기도 전에 너무 쉽게 부러졌다
나는 날아다니는 꿈을 자주 꿨다

머리를 감고 논길로 나가면
볏짚 탄내가 났다
흙 속에 검은 비닐 조각이 묻혀 있었다

어디 먼 데로 가고 싶었으나 그러지 못했다

동생은 눈밭에 노란 오줌 구멍을 내고
젖은 발로 잠들었다
뒤꿈치가 홍시처럼 붉었다

자꾸만 잇몸에서 피가 났고
두 손을 모아 입 냄새를 맡곤 했다

왜 엄마는 화장을 하지 않고
도시로 간 언니들은 오지 않을까

가끔 빰을 맞기도 했지만 울지 않았다

몸속 어딘가 실핏줄이 당겨지면
뒤꿈치가 조금 들릴 것만 같았다

—「연」 전문

아버지는 "찌르기도 전에 너무 쉽게 부러"지는 "고드름 칼"과 같고, 엄마는 "화장을 하지 않"는, 즉 여성성을 상실한 여자이고, "도시로 간 언니들"은 돌아오지 않는다. 가난을 배경으로 한 이러한 가족사는 여러편의 시를 통해 변주된다.

특히 어머니와 언니들이 등장하는 시들은 그들의 삶이 시인의 내면에 깊은 상실감을 주고 이 세상의 모순과 존재의 부조리를 선험하게 만들었음을 알 수 있게 해준다. 엄마에게 받아쓰기 연습을 시키는 장면이 등장하는 「받아쓰기」와 "다음 생에서는/엄마로 태어나지 말아요"라고 말하는 「낮잠」은 아이와 어른이 전도된 세계를 보여주며 이 상실감의 근원을 짐작게 해준다.

또한 우시장에서 어미 소 곁을 떠나기 싫은 송아지처럼 버티다 열일곱에 서울로 가 여공이 된 큰언니(「입동」), 갑자기 배가 불러 돌아와 생쌀을 씹는 버릇이 생긴 언니(「윤달」), 젖니가 오르기도 전에 홍반을 앓다가 이승을 떠난 다섯째 언니(「다섯째 언니」) 등 시에 등장하는 언니들은 하나같이 세상의 모순과 존재의 부조리를 극명하게 드러내주는 존재들이다.

이 깊은 상실감과 세계의 모순, 그리고 삶의 부조리는 극복될 수 있을까. 앞서 살펴보았듯 시인은 자신과 세계가 가장 밀착된 몸의 언어로, 몸의 언어가 부르는 사랑의 노래로 이를 초월하고자 한다.

지게 태워 나를 데려가다오
우산이끼 지붕 속에 맞절도 없이 숨어 살면
오는 손이야 절로 와 부딪는 바람뿐
청산가리 꽃밥 비벼 알뜰히 나눠 먹고
내 얼굴에 연지곤지 피로 찍어 머리 올리매
사내야 히히 언청이처럼 웃으면
은수저 두벌 까맣게 독이 올라
눈 뜨고는 허락 없는 이생의 치정이
마지막 일이어도 좋을라냐
죄 모르는 낯으로
한 철만 보란 듯 피어나도 좋을라냐

—「화교(花轎)」 전문

몸을 얻지 못했구나 마음이여 뺨을 치는 눈발 맞으며

젖어 걸어도 살얼음 긋는 물낯에 얼굴 비추며 서 있어도 등 뒤에는 갑문(閘門)을 휘도는 소소리바람 소리뿐

너 언제 꽃인 적 있었던가 잎잎이 웃던 날도 있었던가 저무는 몸이 서러워 동백 지는 자리엔 공기마저 상했으니 이 빠진 꽃잎처럼 헐한 웃음만 흘릴거나 고울 것도 없이

바람아 말하지 마라 핏기 가시며 바래가는 꽃잎의 일을, 얼음장 밑을 도는 물소리로도 말을 마라

땅끝 머리 언 땅에 굳은 혀가 풀리면
물혹 맺힌 아기집엔 까맣게 탄 태꽃이 진다

—「석녀」 전문

「화교」가 사랑의 절정에 대한, 치명적 사랑에 대한 꿈을 노래한 작품이라면, 「석녀」는 이 꿈에 대한 상실을 노래한 작품이다. 이 시집에서 가장 강렬한 인상을 남기고, 또한 시인의 개성이 가장 잘 드러나는 이 유형의 작품들은 앞서 「부레옥잠」에서 살펴보았듯이 섬세하고 살가운 몸의 언어와 고전적인 연시의 구조와 상상력으로 이루어졌다는 공통점이 있다.

「화교」에서 시인은 '꽃가마'라 하지 않고, 국어사전에도

없는 '화교(花轎)'라는 한자 조어를 씀으로써 치명적 사랑에 대한 열망을 고전적으로 승화시킨다. 이 사랑은 현실적으로 이루어질 수 없는 사랑이어서 더욱 치명적이고 설화적이다.

「석녀」는 이러한 사랑에의 열망을 상실한 여인의 노래이다. 시인은 이 상실감을 두고 "몸을 얻지 못했구나 마음이여"라고 노래한다. 화교를 타는 꿈을 노래한 「화교」와 대비되어 "너 언제 꽃인 적 있었던가 잎잎이 웃던 날도 있었던가"라는 구절은 이 상실감을 더욱 극대화한다.

시인은 때로 진혼(鎭魂)의 형식을 통해 사랑의 상실을 위무하기도 하는데 「꼬막각시의 노래」 「곡비」 등이 대표적이다. 진혼가가 그러하듯 이 유형의 시들은 처연하면서도 비애로 가득하다. 「꼬막각시의 노래」가 죽은 삼촌을 위한, 즉 타인을 위한 진혼가라면, 「곡비」는 자신의 사랑에 대한 진혼가이다. 곡비(哭婢)는 남을 위해 진혼하는 사람인데, 시인은 자신을 위해 진혼을 하면서 곡비라고 이름 붙인다. 시인의 진혼가가 비애로 가득한 이유가 여기에 있다.

시인은 앞서 보았듯 첫사랑을 그리며 "내천에 젖이 불면/간질간질 이빨 가는/어린 조약돌 몇개 씻어/주머니에 넣고 가지요"(「첫사랑」)라고 노래한 바 있다. 이러한 상상은 훗날 "누군가 작은 주머니를 열고/나를 꼭꼭 뭉쳐서 그 안에 집어넣었으면 좋겠다"(「아쿠마」)라는 상상으로 이어진다.

'주머니'는 언제나 열고 닫을 수 있는 나만의 공간, 나만의 비밀스러운 사랑에 대한 은유이다. 내가 조약돌을 넣을 수도 있고, 귀한 사람이 나를 이 주머니 안에 담아주기를 열망할 수도 있다. 그런 면에서 주머니는 언제나 가능태(可能態)로 존재한다. 이 가능태로서의 주머니에 대해 시인은 언제나 간절하게 노래해왔으나, 다음의 시는 예외적으로 그 주머니가 '빈 주머니'가 되었음을 노래한다.

매미가 울다가
어느 순간 뚝 그쳤다
뜨거운 길 위에서
내 영혼을 만났다

이게 네 운명이야

내 영혼은
작은 주머니를 주고 떠났다
주머니 끈을 풀자마자
뭔가가 휙 날아갔다

그때 알았다
소중한 걸 놓쳐버렸다고

다시는 찾을 수 없을 거라고

꿈속에서 나는 울었다

무언가 날아가버렸고
빈 주머니만 남았다

—「환생」 전문

꿈속에서 만난 내 영혼이 나에게 준 작은 주머니를 풀어 보았더니 "뭔가가 휙 날아"가버렸고 그것은 "다시는 찾을 수 없"는 소중한 것이라고 말하는 시인의 상상은 비극적이다. 이 '비극적 상상'에다 시인은 '운명'이라는 꼬리표를 붙인다. 마지막 연 "무언가 날아가버렸고/빈 주머니만 남았다"라는 구절은 시인이 꿈에서 깨어난 이후 꿈 밖의 현실 속에서 읊조리는, 확인과도 같은 말이다. 이처럼 조약돌을 담고 가는 주머니로부터 시작하여 소중한 것이 날아가버린 '빈 주머니'에까지 이르는 거리는 이 시집이 담고 있는 시간적 거리이기도 하다.

시인은 작고 예쁘고 둥근 돌의 세계를 꿈꾸며 유년 시절을 건너왔고, 성인이 되어 몸의 언어로 부르는 사랑의 노래를 통해 "등 뒤에는 갑문(閘門)을 휘도는 소소리바람 소리뿐"(「석녀」)인 이 세계를 초월하고자 애써왔다. 이 시집은 그 애씀의 역사이고 기록이다. 일반적인 첫 시집과 달리 시인의 첫 시집은 작품들 사이에 시간적 거리가 있고, 담겨 있는 내용들 간의 진폭 또한 크다. 시인의 시력(詩歷)이 오래되었고, 내공 또한 깊다는 것을 쉽게 느낄 수 있다.

몸의 언어들로 충만한 신미나의 첫 시집은 시가 원래 노래의 딸이요 노래의 아들임을 다시 한번 확인시켜주고, 지금은 아득하기조차 한 시의 시원으로 데려가는 힘센 마력이 있다.

李弘燮 | 시인·문학평론가

| 시인의 말 |

오래 기억하는 버릇이
흉이라면 흉이었다.

불에 타버린 집이
불 냄새를 기억하듯이

목덜미를 훑고 간 불길이여,
등 뒤에서 타오르던 빛들이여, 안녕
나는 웅크린 채 식어간다.

손가락으로 건드리면
그냥 무너져내려도 좋겠다.

2014년 가을
신미나

창비시선 378
싱고,라고 불렀다

초판 1쇄 발행/2014년 9월 5일
초판 11쇄 발행/2024년 1월 16일

지은이/신미나
펴낸이/염종선
책임편집/이상술
펴낸곳/(주)창비
등록/1986년 8월 5일 제85호
주소/10881 경기도 파주시 회동길 184
전화/031-955-3333
팩시밀리/영업 031-955-3399 편집 031-955-3400
홈페이지/www.changbi.com
전자우편/lit@changbi.com

ISBN 978-89-364-2378-0 03810

* 이 책은 한국문화예술위원회의 2008년도 문학창작활동 지원금을 받았습니다.

* 책값은 뒤표지에 표시되어 있습니다.